句集

花守の影

藤森和子

文學の森

序に代えて

角川春樹

山腹に午報の返る雪解《ゆきげ》かな

藤森和子

三月の東京中央支部の句会で投句された作品。句意は明瞭で、雪解けになった山腹の村に午報が谺《こだま》している光景。この句、日本の風景でありながら、スイスを舞台にした写生画に思えてくる。午報を鳴らすのは、小さな村の教会だ。遠くアルプスには残雪がきらめいて、なんとも懐かしく癒される景だ。批評を書いている内に、私にも一句出来た。

あをあをと地平の燃ゆる雪解かな

「河」平成十八年五月号

リラ冷の扉を押せばルオーの絵

藤森和子

同時作に、

時の日やケトルの笛の鳴り止まず
アカシアの午後のけだるくありにけり

があり、特にアカシアの句が良い。藤森和子の句は、一年前の、河作品抄批評で次の句を採り上げた。ここに再録する。

山腹に午報の返る雪解かな

句意は明瞭で、雪解けになった山腹の村に午報が谺している光景。この句、日本の風景でありながら、スイスを舞台にした写生画に思えてくる。午報を鳴らすのは、小さな村の教会だ。遠くアルプスには残雪がきらめいて、なんとも懐かしく癒される景だ。

今回、同じ作者の作品に接して、同じ感慨を抱いた。作者が居住するのは長野県諏訪市。だが、「リラ冷」の句も、「時の日」も、「アカシア」の作品も、その世界は日本の田園ではなく、ヨーロッパの小都市のイメージだ。特に「リラ冷」の句は、ヨーロッパの郊外であれば玄関に飾られたルオーの複製画、美術館であればルオーの小品が思い浮かぶ。「映像の復元力」の効いた、それでいて新鮮な一行詩。「リラ冷」の季語が効き、一行詩そのものが絵画の世界。いわばルオーの絵が画中画となっている。

「河」平成十九年八月号

綿虫の綿くれなゐに暮れにけり　藤森和子

同時作に、

瑕《き》疵《ず》のなき空を映して鴨の水
大年や砂を落とさぬ砂時計
冬波に告げたきことのありにけり

があるが、「綿虫」の一句が遥かに良い。上五の「綿虫の」に対して、中七下五の「綿くれなゐに暮れにけり」の措辞が繊細で美しい。俳句歳時記の例句をあげると、

綿虫やむらさき澄める仔牛の眼　水原秋櫻子
大綿《おおわた》虫をあげおだやかに暮色あり　山口青邨
綿虫となりし命のひとかたまり　萩原麦草

大綿やしづかにをはる今日の天　加藤楸邨
綿虫のはたしてあそぶ櫟《くぬぎ》みち　石川桂郎
綿虫やそこは屍《かばね》の出でゆく門　石田波郷

があり、さすがに大家の秀吟が多い。しかし、藤森和子の句も少しも負けていない。
綿虫といえば、平成十八年「河」十二月号の石田美保子の次の一句が思い出される。

うわんうわんと綿虫とんで通行止　石田美保子

また、小島健に次の佳吟がある。

綿虫の綿の力の暮れにけり　小島　健

「河」平成二十二年二月号

花守の影やはらかく昏れゆけり　　藤森和子

同時作に、

ふらここや昭和の影の残りをり

がある。しかし、断然「花守」の一句が良い。上五の「花守の」に対して、中七下五の「影やはらかく昏れゆけり」の措辞が上手い。花守は地元の青年かもしれないが、私は火を焚いている若い僧の姿が浮かんだ。昨年の「河」七月号の、私の次の一句がその景であるからだ。

花守の眉目しづかに暮れゆけり　　角川春樹

「河」平成二十二年六月号

夕鶴忌紅き一葉の落ちてあり　藤森和子

同時作に、

大花野こころの十字路ありにけり
落鮎の山雨しづかに来たりけり

がある。十一月の東京中央支部の例会は、十月の川越「河」全国大会を契機に数多くの「夕鶴忌」が登場した。しかし、その中で特選に価《あたい》したのは、他に中村光声の次の一句だけである。

夕鶴忌花野の雨となりにけり　中村光声

藤森和子の「夕鶴忌」は、私と佐川広治の特選のみで、佳作にも取られていない。上五の「夕鶴忌」に対して中七下五の、「紅き一葉の落ちてあり」の措辞が美しい。悼句を詠《よ》む手法の中で、死者を美しく詠《うた》いあげるのも一つの方法である。昨年の「河」十月号に、佐藤信子の次の一句がある。

白鳥忌開くや朴の花月夜　佐藤信子

佐藤信子の「白鳥忌」も、札幌支部の句会では私以外に取られなかった。東京中央支部の例会では、佐川広治がいたことで藤森和子は救われた。夕紅葉が一枚落ちていることだけで、充分に死者を悼む表現になってくる。多分、他の選者は美しすぎて取らなかったのかもしれないが、決して甘くはなっていない。

「河」平成二十四年一月号

村ぢゆうが花菜のいろに暮れゆけり　藤森和子

平成十八年「河」五月号に、藤森和子の次の一句がある。

山腹に午報の返る雪解《ゆきげ》かな　藤森和子

作者の在住する長野県諏訪市の景である。長い冬が終わり、菜の花が一面に村を取り囲んでいる。そして、雪解《ゆきどけ》の村に菜の花の日暮がやってくる、という一句一章の美しい作品。しかし、「実」というよりも、作者の描《えが》く理想の景と言ったほうが正しいだろう。私は、藤森和子のこの句から、小中英之の次の代表歌を想起した。

鶏《とり》ねむる村の東西南北にぼあーんぼあーんと桃の花見ゆ　小中英之

「河」平成二十四年五月号

たんぽぽやジーンズの穴に日の温し

藤森和子

「たんぽぽ」は、三月の「しゃん句会」の兼題で、他に次の作品があった。

たんぽぽや遠き記憶の水尾曳けり　角川春樹
タンポポの黄が悲しみを食べつくす　福原悠貴
たんぽぽの絮夕映えを散らしけり　鎌田　俊

以上三句の中では、鎌田俊の「たんぽぽの絮」が一番良い。俳句歳時記の例句を上げると、

たんぽぽ地に張りつき咲けり飛行音　西東三鬼
蒲公英《たんぽぽ》のかたさや海の日も一輪　中村草田男
たんぽゝや生れたまゝの町に住み　五所平之助
あたたかくたんぽぽの花茎の上　長谷川素逝

たんぽぽの上に強風の村黄なり　飯田龍太
灯台やたんぽぽの黄を撒きちらし　森田　峠

があり、どの句も良いが、全て自然諷詠である。一方、藤森和子の「たんぽぽ」の一句は人間諷詠であり、かつ印象鮮明な作品。

上五の「たんぽぽや」に対する「ジーンズの穴に日の温し」の措辞が、目に見えるようで新鮮。兼題の句の作り方として、例句にはない発想が大事で、何よりも新鮮であることが要求される。

平成二十年「河」七月号には、松下千代の次の一句がある。

ジーパンの穴ひとつ増え春休み　松下千代

「河」平成二十四年六月号

雪来るか花舗の灯《ともしび》はや点り

藤森和子

同時作に、

色変へぬ松や智恵子の風が来る
母のみの母の歳月白障子
寒蜆水むらさきに昏れにけり

があり、どの句も良いが、とくに「寒蜆」の一句が素晴らしい。上五の「寒蜆」に対する「水むらさきに昏れにけり」の措辞が上手い。水が紫に見えるのは、寒蜆自体の色だが、同時に紫色の薄暮でもある。一句全体の立ち姿も、すっきりした作品。

一方、「雪来るか」の句は、作者の在住する長野県諏訪市の景であろう。中七下五の「花舗の灯はや点り」の措辞が、上五の「雪来るか」を導きだしたのであろう。映像がありありと見え、しかも美しい、手触りのある作品。

「河」平成二十五年三月号

かなかなや歳月といふ詩の器

藤森和子

「かなかな」の季語で、いつも思い浮かべるのが、源義の次の一句である。

かなかなや少年の日は神のごとし　　角川源義

この句の少年は源義ではなく春樹のことであると、故・秋山巳之流の「河」のエッセイを読んで驚いた。生前の源義から、直接、秋山巳之流が聞いたらしい。しかし、私にとって蜩の声といえば、九年前、母・照子が亡くなった日の夕暮れである、私は、その時の哀切な声が今も耳朶《じだ》に残っている。

いづこより来たるいのちや蜱時雨　　角川春樹
遠き樹にひぐらし鳴けり昴の忌　　〃
秋蜱のひとつのこゑの澄みにけり　　〃
ひぐらしの空を残して母逝けり　　〃

藤森和子の「かなかな」の前置きが長くなったのは、中七下五の「歳月といふ詩の器」の措辞が、私の心に刺さったからである。九年という年月は、すでに私には充分な歳月となった。故・辺見じゅんの第二歌集『水祭りの桟橋』の「あとがき」に次の一文がある。

私は歌をたましひの器だと書いたことがある。そして今、歌は呪術と分かちがたく結びついてゐるのではないかとも思ふ。私の歌が呪性の原初的な聖なるものに向かふにはいまだ歳月が必要かもしれない。いのちの根のふかい韻《ひび》きを課題にしたいと念じてゐる。

辺見じゅんのこの一文が、藤森和子の「かなかな」の句の最も適切な鑑賞文になる気がする。つまり、普遍性のある作品ということだ。

「河」平成二十五年十月号

句集　花守の影／目次

装丁　井原靖章

句集　花守の影

水陽炎

平成六年〜十年

街の灯の湖にこぼるる原爆忌

蔵の扉の鉤に手応へこぼれ萩

綿虫の何も告げずに去りにけり

冬の蜘蛛遊びごころに下りてくる

雛の日の水陽炎を見てゐたり

花時の烏賊墨のパン買ひにけり

冬の日につかまりたくて草の蔓

やはらかき雨のいちにち返り花

緊張の糸を手繰りて冬の蝶

京都　三句

千枚漬の旬洛北に山眠る

煩悩や弾けてゐたる椿の実

茶の花や吐息のやうな粥すする

数へ日のこんにゃく玉をちぎりけり

万華鏡私の影と冬の影

いつも来る鳥は高みに初ざくら

狩《かり》座《くら》の風呼びとめて深山蝶

家壊す日の掌《て》にこぼる実梅かな

蓑虫の似た者同士揺れてをり

鳥の数たひらにふやす冬の湖

稜線の夕映えてゐる繭団子

喇叭水仙鳴らしてみたき建国日

解凍の麵麭ふつくらと涅槃かな

きつつきの穴をかぞへて芽木の寺

山薬師さんしゅゆの黄の暮れのこる

花影におのれの影を見失ふ

藤の花風は弾んでゐたりけり

四万六千日暮れぎはの魚よく跳ねる

蔵店の昏さになれて花木槿

蜩のいつしか止みし能篝

望の夜のアンモナイトのひかりかな

何となくうなづいてをり烏瓜

網ほほづきこころがかるくなつてくる

鴇色の雲流れけり降誕祭

あの山にとんでゆけさう竜の玉

初暦繰ればば硬さのありにけり

寒卵割つて明るきことと思ふ

鰤みちの雪に昏るるや祝箸

町なかに雉子が降りたつ春の雪

自販機で花の売らるる朧かな

ふいに湖見たくなる日の葱坊主

礼拝堂の扉の軋む桜しべ

白樺の花散る山の美術館

水口にひかりの遊ぶ花山葵

白南風やスカーフにある巴里の地図

向日葵や左右異なる人の顔

少年に日暮れの早き捕虫網

蜩やいつもの水を使ひをり

子規の忌の白き木槿に風通る

近江　二句

溝蕎麦やほとけの国に水あふれ

茶の花の蕊の零るる朱唇仏

茎の水一夜《ひとよ》にあがる波郷の忌

義士の日のゆつくり崩る角砂糖

その先は聞かずにくづす蕪蒸

花のかたち

平成十一年〜十五年

針山の針を起こして女正月

立春の花のかたちの麩を浮かす

雪虫の風に遅れて来たりけり

北開き素顔のままのひと日かな

大根の髭さみどりに啄木忌

熊蟬や信濃の昼の深まりぬ

これといふこともなく暮れ蟬の穴

久保田一竹美術館　二句

みづうみの色なき風に辻が花

秋澄むや絞りに残る糸の穴

窓磨くうしろに冬の来てゐたり

濯ぎもの凍てて久女の忌なりけり

弥勒といふ村の枯草つららかな

火を焚ける男無口に春の鴟

アイロンを浮かせてかける花の雨

襤《ぼ》褸《ろ》織の手ざはりほどの黍の風

浦安　六句

ゼロメートル地点の桜もみぢかな

硝子戸に鱗はりつく神の留守

汲み置きの水に空ある万年青の実

短日のこゑ掛け合うて舟大工

進水式あさつてといふ菊明り

さつきまで雨の色してゆりかもめ

九十九里　七句

裏返る蟹に卵や秋うらら

十月のテトラポッドに貝眠る

蜑の家のほまちに青き冬菜かな

とりどりの蒲団干されて漁師町

鰡とんで水平線の弧をなせり

青蜜柑庇に触るる漁師町

ももいろに草の枯れゆく九十九里

枯菊を焚きてうしろを振りむかず

飴いろに大根煮つめ空也の忌

麦の芽に山の日冷えて届きたる

風花の消ゆる高さに日のありぬ

一月の部屋を四角に拭きにけり

山国の雲に乗りたる流し雛

その先はなかなか昏れぬ桐の花

立ち止まりまたも呼ばれて羽抜鳥

常念岳の雲をたひらに紅空木

翻車魚《まんぼう》のやうな雲ゆく時の日よ

満月に恋して海月《くらげ》浮きにけり

火の山の風降りてくる花さびた

鶏頭の群れていつぽんづつの影

ひかり蓄《た》め人の高さに冬の薔薇

人の日やくるりと廻る女医の椅子

木曾馬の匂ひて風の五月来る

瓦斯の炎を青くしぼりて多佳子の忌

にぎやかな雀の目覚め巴里祭

空白の刻を掠めて火取虫

花火屑北斗の杓の掬ひけり

まつしろな花器に水足す今朝の秋

蟷螂の力を抜かず枯れにけり

セーターに首を出す間の孤独なり

尾長来て七日の昼も過ぎにけり

川風の枯れて芙蓉の実の鳴りぬ

クレソンの水に瑕瑾のなかりけり

わかさぎをひかり集むるごと掬ふ

恋猫の月の踏切渡りけり

停年の夫に青嶺の濃かりけり

万緑や孔雀は羽を震はする

未《ひつじ》草《ぐさ》ねむるまぎはの水の色

合歓の花降るや川風寄るところ

今朝秋や豆腐の角の揺れはじむ

夕空に藤の莢鳴り年つまる

遠き山

平成十六年〜十八年

拍手の山にこだます初景色

山の端に薄き日の落つ氷餅

山風に羽搏くやうに冬柏

花鋏研ぎ師に出して日脚のぶ

アスパラをぽきぽき折つて夏はじめ

出雲崎　四句

良寛の手鞠いづこに麦の秋

昼顔の点るや佐渡の見えぬ日も
ラムネ玉海の蒼さにつながりぬ

五合庵青葉しぐれとなりにけり

梅雨明けの音に茶筒の抜けにけり

広島忌雀は水を汚さずに

日傘差し掛く久女の墓のちひさくて

安曇野の水の色して糸蜻蛉

安曇野ちひろ美術館

あきつ飛ぶちひろの好きな山の空

石たたき水辺に風を呼びにけり

父の忌の日溜りにゐて小鳥来る

冬珊瑚火のいろなせる一葉忌

枯鶏頭触れれば音のあたたかし

白鳥の空蒼く曳き着水す

湖風のひかりてとよむ冬菜畑

母子草道草したくなりにけり

朧夜の花筒に水溢れけり

遅桜母と吹かれてゐたりけり

蒼天の淋しさに触れ朴ひらく

ロックフィルダム藍深くして夏桜

足助　二句

正座して竹《たけ》籤《ひご》削る若葉かな

子燕や三河木綿の機の音

初螢ためらふ高さありにけり

青鬼集落　三句

古代米育て晩夏の青鬼《あおに》かな

山の田にとろろあふひの黄の点り

つくつくし米搗く水の力かな

和蠟燭売り切れてゐる夜の秋

神の地のふうせんかづら風に揺れ

考へをはじめに戻す螽蟖《きりぎりす》

手鏡をきしきし拭ひ終戦日

別の答あるかも知れず新豆腐

道元の寺の秋蚊に刺されけり

芭蕉記念館

秋寂ぶといへば翁の頭陀袋

深川や地図を片手に千草の実

奔放な雨の木の実を拾ひけり

マシュマロに触れたるやうな冬はじめ

水鉢にコインの沈む冬銀河

初雪や本降りとなる赤ポスト

大旦無欲の紅を引きにけり

氷餅嚙めばかすかに風の音

何恋ふとなく人日の空のあり

その色にいのちあたため桜餅

割箸のきれいに割れて冴返る

山腹に午報の返る雪解かな

二階から物頼まれて朧かな

たんぽぽの絮吹いてゐる外野席

かげろふや攫はれさうな乳母車

蝌蚪の国風が道草してゐたり

夕桜このまま旅に出たくなり

遠山に雪置くさくらさくらかな

にんげんのことば掠めてつばくらめ

夜の新樹しやぼんの泡を立てにけり

山二つ入れて日傘を開きけり

俳人・角川照子の忌日

昴の忌白き桔梗のひらきけり

木の実落つ狂ふことなき砂時計

放心のたとへば白きこぼれ萩

どの蕊が天に繋がる曼珠沙華

横浜　八句

日の丸の彼方に鰡の飛んでをり

港の灯眼下に秋を惜しみけり

元町の百段通り小鳥来る

カリヨン時計天使の鳴らし冬隣

黄落の街に汽笛の聴こえけり

木の実降る煉瓦造りの倉庫街

浜木綿の実になる頃の港町

馬車道の音とほくなり冬木の芽

薔薇の木に綿毛の飛んで冬に入る

寒紅を引きて私を確かむる

まづ風が触るる音して冬柏

母の衣

平成十九年〜二十年

良妻の顔して屠蘇を受けにけり

七種粥いのち重たく噛みしめる

白鳥にパン投ぐ少女風を読む

エプロンの紐をきつめに骨正月

ねむの木を小啄木鳥《こげら》が叩く春隣

仏蘭西パン二つに折つて冴返る

草の芽のすでに意志持つ光かな

花冷の水に歯ごたへありにけり

空壜にポプリ満たして復活祭

苗代寒山ふところに夕日留め

リラ冷の扉を押せばルオーの絵

行く春の母の衣をたたみけり

見えぬもの赤子が摑む聖五月

てのひらははかなしき器さくらんぼ

時の日やケトルの笛の鳴り止まず

風の棲む大茅葺に大揚羽

アカシアの午後のけだるくありにけり

夏至の夜やくつたくのなき電子音

ハンカチや過ぎてしまへば嘘のやう

白日傘廻しきのふに戻れさう

月下美人無心に闇をまとひけり

草の罠誰かが仕掛け夏終る

原爆忌無数の日の斑降つてくる

俎の傷の光陰木槿咲く

子を生《な》さずほほづき赤き実をつける

熊野古道　二句

熊野曼陀羅秋蝶低く黄を点す

みくまのに鈴振るやうにこぼれ萩

真実は一つ鶏頭赤きかな

信濃新聞束ねてつるべ落しかな

桜島　十句

いたどりの花や火の声秘めて桜島

十月の風にエンゼルトランペット

薩摩日和蜜柑ころころしてゐたり

波音に秋思深まる船の椅子

島蜜柑ちひさく空を点しけり

溶岩原のおのが影踏み草の花

軽石の売られてゐたり鵙日和

噴煙のうすき日なんばんぎせるかな

溶岩原の日のぬくもりに冬の蝶

神立ちて錦江湾の平らなり

赤き実は火種のごとく今朝の冬

熱燗や男に美学ありにける

このところ綿虫ほどに暮らしをり

風花を信濃の詩と思ひけり

心中を見抜かれてゐる冬林檎

傘寿一つ過ぎたる母の松飾

神の地の風となりたる手毬唄

たましひのはみだしてゐるどんどかな

箱のティッシュ翔つかに日脚伸びにけり

春塵にことば躓きやすきかな

寂しさのぶんだけ漕いで半仙戯

そのときの人を拒みて牡丹の芽

自転車で堂守の来る杉の花

さくらさくら瞼に微熱ありにけり

毛虫這ふほかは動かぬ真昼かな

ハンカチで髪を束ねて信長忌

麦秋のどこかにこころ置いてくる

山椒魚午後のくぼみに睡りけり

青林檎さらりと言葉返しけり

吾亦紅孤独な雲の流れゆく
わたくしとほどよき距離にゐる花野

間引菜やゆふぐれとなる水の音

ゆく秋や玩具の線路つなぎをり

水仕《みずし》の水肘を伝ひて暮の秋

きちきちばつた大きな雲を呼びにけり

晩秋や走り書きする山日記

冬ざれやガレのランプに灯をともす

ガラスの林檎

平成二十一年〜二十三年

百合根解くひとひらづつの初明り

料峭の波の運びしものの光る

ガーベラの深紅に夜の冴返る

一灯の採卵小屋の冴返る

日の永し水に音階生まれをり

花菜畑すこしづつ夜が降りて来る

ハンカチに包みきれない野の光

自分といふ枷に胡桃を割りにけり

深熊野の杉箸匂ふ冬はじめ

枯菊や恋の残り火あるごとし

メモ書きにガラスの林檎のせて冬

綿虫の綿くれなゐに暮れにけり

牡丹雪遥かなる刻呼び戻す

指切りの指の記憶に亀鳴けり

美しき風を見たくて青き踏む

おのが影に躓く花菜明りかな

交差点人の別れてゆく朧

霾《つちふる》や指紋ざらつく夜なりけり

ふらここや昭和の影の残りをり
はなびらの窓に貼りつき復活祭

限定のあんぱん買うて花明り

花守の影やはらかく昏れゆけり

赤彦の空に毀れし石鹼玉

投函の乾く音して麦の秋

風鈴のすこし騒ぎて雨の来る

えごの花山の窪みは昼の底

花結ぶ桐にしづかな信濃かな

たいくつさうな空を擽り箒草

晩涼や花屋の鋏よく鳴りぬ

雨音のいつしか離れ夜の檸檬

にんげんの時間の外に穴惑ひ

念入りに流しを洗ひ夕野分

木の実落つものみな遠くなるばかり

黄落や無人の駅に画鋲錆び

日の昏れは人の恋しき草虱

十二月空一枚の重さあり

煮凝に過ぎし月日の見えにけり

あるときの自問自答の古日記

火酒含みその夜の髪の匂ひけり

街空のわけても寒しレノンの忌

葉牡丹の紅《こう》の幽かに弥勒の世

廃校の風漣《さざなみ》に桜咲く

白《しら》鳥《とり》社《しや》までの水音草あやめ

牡丹の緋の色に触れ冷たかり

ヒロシマの夜を刻みて熱帯魚

暮色とは沙羅の落花の十ばかり

空蟬の過去を凝視のままであり
ひとりの影曳きて花野となりにけり

過ぎてゆく時間のままに秋のころ
みづうみの沖まだ昏れぬ草の絮

悼・辺見じゅん先生

夕鶴忌紅き一葉の落ちてあり

大花野こころの十字路ありにけり

曼珠沙華かごめかごめの声がする

金平糖の角《つの》が明るし野分あと

落鮎の山雨しづかに来たりけり

あの時のこころのかたち冬林檎

息白く同じ淋しさありにけり

北風《きた》吹くやそれぞれ家の灯に帰る

焚火して白鳥守の老いにけり

恋螢

平成二十四年～二十六年

粥柱ぬくもり耳朶に残りゐる

冬の梅闇に力の戻りけり

雪をんな駅ビル抜けてゆきにけり

東日本大震災から十ケ月後

冬の海涙はいつも新しき

御《み》渡《わたり》や神の心音聴き澄ます

万両やさみしがりやの鳥が来る

きさらぎや鏡の奥にある孤愁
村ぢゆうが花菜のいろに暮れゆけり

春手套触れて扉の開きたる

たんぽぽやジーンズの穴に日の温し

百千鳥田水に声の反《かえ》りけり

つくし野の光り転べばころ転ぶ

明石

子午線の町の灯ともる桜鯛

古書街にカレーの匂ふ夏はじめ

遠くなる日々香水のひと雫

頰杖の片手さみしき薔薇の雨

恋螢終のひかりの高くあり

いちにちの夕べはさみし水中花

雲の峰折目正しく地図たたむ

螢火や還らざるもの追うてをり

真菰編む夫の背を見て盆用意

一木一草昏れてゆくなりばつたんこ

おやきの具食み出してゐる終戦日

みづうみに和《にこ》毛《げ》漂ふ盂蘭盆会

底紅の風に孤独を覗かるる
狐のかみそり咲いて夕べの人の影

光陰を山に重ねて女郎花

ポケットに別の闇ある無月かな

マニキュアの一刷けほどの秋思かな

秋茄子の終りのひかり捥ぎにけり

九十九里

色変へぬ松や智恵子の風が来る

水鳥の湖に戻りてより暮るる

母のみの母の歳月白障子

寒蜆水むらさきに昏れにけり

雪来るか花舗の灯《ともしび》はや点り

鯉一匹捌き信濃の寒明くる

呼捨てにされたる山の笑ひけり

追ふつもりなく逃水を追つてゐる

引鶴や彼方明るき水のいろ

夫とゐて日々の暮らしや花大根

この道の涯は知らずに道をしへ
牡丹と夕べの息を合はせけり

夏つばめ湖の秘色《ひそく》を翻す

父とほし葱たつぷりと冷奴

湖風にガラス風鈴鳴る駅舎

かなかなや歳月といふ詩の器

八月やプラネタリウムの椅子にあり

水音より日暮れてゐたる酔芙蓉

碇星女が狙ふ指鉄砲

秋蝶のいのちしづかに日を返す

小鳥来る湖に時報のオルゴール

真弓の実信濃も奥の水ひかる

縁切寺の一歩に風の曼珠沙華
抜け裏に刻を手繰れば実紫

唐辛子影まで赫く暮れにけり

数珠玉を数へて今日のとほくなる

木《この》葉《は》山《やま》女《め》水面に残る日のしづか

白障子昭和はるかな日差しかな

寒の入り米研ぐ音の夜に透く

どんどの火果てたる後の神の湖

一途なることに躊躇ひ牡丹の芽

別の私ゐるやも知れぬ春ショール

菠薐草子の無きままの生なりし

初蝶や乗換へホームにゐてひとり

北信五岳通草《あけび》の花に日の零る

和布刈《めかり》海女夕日にいのち滴らす

野放図な海の蒼さは海女のもの

サバランのラム酒香りて聖五月

天竜の渦に触れたき夏燕

信濃ゆふぐれ花栗の風通り抜け

降り立ちて影が影追ふ夏至の駅

百年の味噌蔵しんと青葉冷

地ぼてりや蛇口銃口のごと狙ふ

川すでに昏るる音して菜殻焚く

父祖の田をいままぼろしに落し水

鳥威し天衣無縫の空があり

つくつくしここに戦艦大和の碑

白芙蓉雀色どき湖より来

跋

福島勲

藤森和子さんが私の指導していた諏訪支部の新人会に入ったのは平成六年のことである。当時、私は伊那支部（中谷美龍支部長）の指導に毎月行っていたこともあり、和子さんも伊那支部に出ることになった。車で諏訪から辰野まで有賀峠を越えて小一時間はかかる。冬は雪も降り大変だったろうが、それに加えて、指導の厳しい私に十数年間ついてきてくれたことに思いを新たにしている。平成十二年の「河」の千葉全国大会では、競詠第一位となり、次の「高山」では高点賞第一位となったのは、本人の努力以外の何ものでもない。長い間、伊那支部の為に努力を尽くされた中谷美龍さんが体調を壊され、後任として伊那支部長を和子さんに継いで貰うことになった。一方に、諏訪市公民館の俳句教室の講師、俳人協会長野県支部の役員として、地元の俳句のために努力している。

この句集『花守の影』の「序に代えて」に角川春樹主宰の「河作品抄批評」を使わせて頂けたのは本人の喜びでもある。句集『花守の影』は和子さんの二十年に近い俳句の成果に他ならないが、子を成さなかった和子さんのご主人に対する深い思いと、遠く離れている母への想いが閑かに沈潜しているようだ。作品の中から句を抄出して「跋文」にかえさせて頂く。

蓑虫の似た者同士揺れてをり
鳥の数たひらにふやす冬の湖
枯菊を焚きてうしろを振りむかず
停年の夫に青嶺の濃かりけり
手鏡をきしきし拭ひ終戦日
かげろふや攫はれさうな乳母車
子を生《な》さずほほづき赤き実をつける
寂しさのぶんだけ漕いで半仙戯
自分といふ枷に胡桃を割りにけり
木の実落つものみな遠くなるばかり
空蟬の過去を凝視のままであり
息白く同じ淋しさありにけり
冬の海涙はいつも新しき
螢火や還らざるもの追うてをり
母のみの母の歳月白障子

あとがき

このたび、第一句集を上梓することとなりました。

夫の転勤に伴い、東京などに赴任のあと、平成六年に諏訪に戻ってまいりました。諏訪湖近くにある我家からは、南に富士山、北にアルプス連峰がよく見えます。「河」入会のご縁をいただき、ここでこれまでの二十年を振り返り、一つの区切りとして句集にまとめることと致しました。

角川春樹主宰に「河作品抄批評」転載のご許可を賜り、序文に代えさせていただけたのは、この上ない喜びであります。

また、伊那支部に長きにわたり、ご指導いただいた福島勲先生に選句の労をおかけしました。

句集名『花守の影』は、春樹主宰が「河作品抄批評」に取りあげて下さった

花守の影やはらかく昏れゆけり

から採らせていただきました。

私の俳句を気遣い、遠くから応援してくれた母が、本年一月にこの世を去りました。この一書を母と、俳句を続けさせてくれる夫に感謝をこめて捧げたいと思います。

そして、句友の皆さまのご厚誼に感謝致し、気持も新たに俳句に精進してまいりたいと思います。

今日まで、ご指導をしていただいた角川春樹主宰、福島勲先生に、衷心より厚く御礼申しあげます。

句集上梓にあたり鎌田俊副主宰、「文學の森」の皆様にもお世話になりました。深く感謝申しあげます。

平成二十八年五月

藤森和子

著者略歴

藤森和子（ふじもり・かずこ）

昭和21年８月　長野県長野市生まれ
平成６年　「河」入会
平成15年　「河」同人
平成23年　「河」伊那支部長
俳人協会会員　長野県俳人協会会員

現住所　〒392-0022
　　　　長野県諏訪市高島４-1481-２

句集　花守《はなもり》の影《かげ》

河叢書第287篇
発　行　平成二十八年八月七日
著　者　藤森和子
発行者　大山基利
発行所　株式会社　文學の森
〒一六九-〇〇七五
東京都新宿区高田馬場二-一-二　田島ビル八階
tel 03-5292-9188　fax 03-5292-9199
e-mail mori@bungak.com
ホームページ　http://www.bungak.com
印刷・製本　潮　貞男

ISBN978-4-86438-532-9　C0092